ENFANTS DU MONDE

LES RÈGLES ET LES RESPONSABILITÉS

LOUISE SPILSBURY

HANANE KAI

Texte français de
MARIE-JOSÉE BRIÈRE

SCHOLASTIC

Catalogage avant publication de Bibliothèque et Archives Canada

Titre: Les règles et les responsabilités / Louise Spilsbury;
illustrations de Hanane Kai; texte français de Marie-Josée Brière.
Autres titres: Rules and responsibilities. Français
Noms: Spilsbury, Louise, auteur. | Kai, Hanane, illustrateur.
Description: Mention de collection: Enfants du monde | Traduction de :
Rules and responsibilities. | Comprend un index.
Identifiants: Canadiana 2020039617X | ISBN 9781443189347
(couverture souple)
Vedettes-matière: RVM: Citoyenneté—Ouvrages pour la jeunesse. |
RVM: Responsabilité—Ouvrages pour la jeunesse.
Classification: LCC JF801 .S6514 2021 | CDD j323.6—dc23

Publié initialement au Royaume-Uni en 2020 par Wayland sous
le titre *Children in Our World – Rules and Responsibilities*

Édition publiée par les Éditions Scholastic,
604, rue King Ouest, Toronto (Ontario) M5V 1E1 CANADA.

5 4 3 2 1   Imprimé en Chine   CP159   21 22 23 24 25

Conception graphique : Hanane Kai

Table des matières

Que sont les règles?   4

Un monde juste   6

Les règles à la maison   8

Les règles à l'école   10

Des règles différentes   12

L'établissement des règles   14

La désobéissance aux règles   16

Les lois   18

Les lois internationales   20

Que sont les responsabilités?   22

Des gens responsables   24

De l'aide dans la communauté   26

Comment être responsable   28

Dans la même collection   30

Glossaire   31

Index   32

La plupart des gens, partout dans le monde, sont bons et gentils. Ils traitent les autres avec respect et prennent soin des choses qui leur appartiennent. Ils font de bons choix.

Les règles nous aident à faire ces bons choix. Ce sont des instructions qui nous indiquent comment nous devrions agir. Elles nous aident à nous occuper de nous-mêmes et des autres, mais aussi des endroits et des objets qui nous entourent.

Quelle est la première chose que tu fais quand tu as un nouveau jeu? Tu apprends les règles! Tu ne peux pas t'amuser avec ce jeu sans connaître ses règles et sans les suivre. Les jeux comportent des règles pour que tout le monde puisse jouer de manière juste.

Imagine que tu joues au soccer et qu'il n'y ait aucune règle. Des joueurs pourraient ramasser le ballon et courir en le gardant dans leurs mains plutôt que de le frapper du pied. Une équipe pourrait aussi choisir d'avoir trois gardiens de but plutôt qu'un seul. Sans règles, les jeux ne seraient pas amusants!

Dans beaucoup de familles, il y a des règles à la maison. Une règle pour demander la permission avant d'emprunter quelque chose aide tout le monde à s'entendre. Et une règle demandant à chacun de faire la vaisselle à tour de rôle après le souper signifie que tout le monde partage de façon juste les tâches ménagères.

Certaines des règles que nous devons suivre à la maison nous aident à rester en sécurité. Ta famille a-t-elle une règle selon laquelle tu dois te laver les mains avec de l'eau et du savon avant de manger ou après être allé aux toilettes? Le lavage des mains empêche les microbes de se répandre et peut t'éviter de tomber malade.

10

Les parents décident souvent des règles à la maison, et les enseignants établissent une bonne partie des règles à l'école. Il peut arriver aussi qu'un groupe de personnes décident ensemble des règles à suivre.

Certaines familles s'entendent sur les règles qui les aideront à partager les tâches de façon juste et à bien s'entendre. Et les élèves, à l'école, établissent souvent eux-mêmes la liste des règles à suivre. Les gens obéissent généralement mieux aux règles quand ils ont contribué à les définir.

12

Les règles sur l'intimidation sont très importantes à l'école. Elles visent à ce que tous les élèves se sentent en sécurité et à ce qu'ils soient traités avec respect et gentillesse. Si tu vois quelqu'un se faire intimider, tu peux l'aider en parlant à un enseignant de la personne qui brise les règles.

Connais-tu toutes les règles de ton école? Les règles sur l'obligation d'arriver en classe à l'heure et de ne pas interrompre les enseignants sont faites pour que tous les enfants aient la chance d'apprendre. Les règles mentionnant de faire attention aux objets qui appartiennent à l'école ont pour but de préserver ces objets afin que tout le monde puisse s'en servir.

Les règles sont souvent différentes selon les endroits. À l'école, les enfants ont généralement le droit de courir dans la cour. À la piscine, il y a des règles qui interdisent de courir parce que le sol pourrait être mouillé et glissant. C'est pour éviter que des gens glissent et se fassent mal.

Dans les endroits comme les écoles, les parcs et les piscines, les règles sont habituellement affichées. Elles sont souvent représentées par des images pour que tout le monde les comprenne, même les gens qui ne peuvent pas lire ou qui parlent une langue différente.

Quand les gens établissent des règles, ils décident aussi des conséquences que subiront ceux qui ne les suivent pas. Une conséquence, c'est ce qui se produit à cause de ce que nous faisons. Les conséquences sont souvent choisies en fonction de la règle qui n'a pas été respectée.

Par exemple, si un enfant désobéit à une règle qui interdit de jouer au ballon à l'intérieur de la maison, il peut se faire confisquer son ballon pour la journée. Un élève qui ne respecte pas la règle de garder le silence pendant un cours peut devoir quitter la classe pendant 10 minutes. Les règles sont assorties de conséquences!

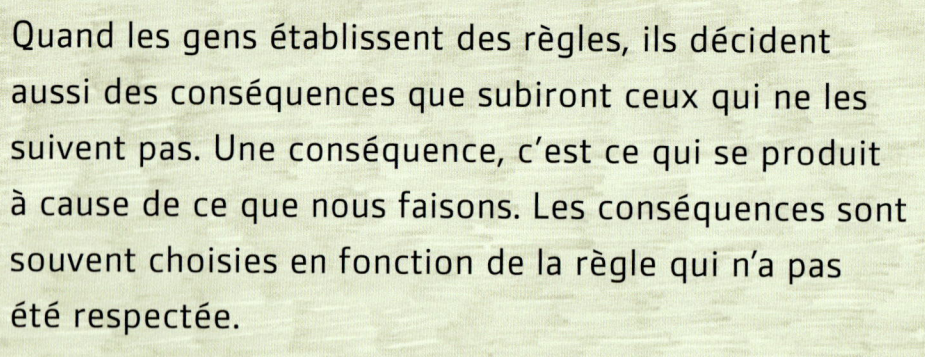

Les lois sont des règles particulières que tous les gens d'un pays doivent suivre. Les gouvernements adoptent des lois pour aider les gens. Par exemple, il y a une loi selon laquelle tout le monde doit porter une ceinture de sécurité dans une voiture. Une autre loi oblige les conducteurs à s'arrêter à un feu rouge pour que les piétons puissent traverser la rue en toute sécurité.

Désobéir à une loi peut entraîner des conséquences graves. Les agents de police doivent trouver les gens qui ont désobéi. Un tribunal décide ensuite de la punition à leur imposer. Il peut, par exemple, les obliger à payer une amende, ou à travailler pour leur communauté ou même les envoyer en prison.

Il y a des règles spéciales qu'on appelle les lois internationales. Ce sont des règles que les gouvernements de différents pays du monde acceptent de suivre. Par exemple, une loi internationale interdit aux armées d'obliger les enfants de moins de 15 ans à combattre pendant une guerre.

La plupart des pays respectent les lois internationales parce qu'ils ont aidé à les établir. Si un pays désobéit à une de ces lois, les autres pays décident des conséquences. Ils peuvent même envoyer des soldats pour forcer un pays à obéir aux lois.

Quand les règles et les lois sont claires, elles nous aident à savoir quelles sont nos responsabilités. Nos responsabilités, c'est ce que nous sommes censés dire ou faire. L'une de ces responsabilités, c'est de respecter et de suivre les règles.

Être responsable, ce n'est pas seulement suivre les règles. C'est aussi accomplir une tâche parce qu'elle est nécessaire, et pas parce qu'on y est obligé. Par exemple, tu es responsable quand tu fais le ménage dans ta chambre même si tu n'en as pas envie et que personne ne t'a demandé de le faire!

Intimidation

Les gens responsables tiennent leurs promesses. Ils arrivent à l'heure et ils font de leur mieux. Ils pensent à ce que les autres peuvent ressentir à cause de leur comportement. Ils ne leur lancent pas d'insultes parce qu'ils savent que cela peut leur faire de la peine.

Les personnes responsables
assument les conséquences de
leurs actes. Elles acceptent le
blâme quand elles ont fait quelque
chose de mal, puis elles essaient de
réparer leur faute. Si elles font de
la peine à quelqu'un, elles tentent
d'arranger les choses en s'excusant.

Nous sommes tous responsables de nos communautés et nous devons chercher à faire du monde un endroit meilleur. Nous pouvons y arriver en étant polis, amicaux et gentils avec les autres. Nous pouvons contribuer à garder notre quartier propre et attrayant en rapportant nos déchets à la maison, ou en aidant à planter des fleurs ou des arbres.

Nous pouvons aussi aider les gens qui en ont besoin, par exemple en allant à l'épicerie pour un ami malade. Nous pouvons aussi ratisser des feuilles, déneiger un chemin ou promener le chien d'un voisin âgé. Quand on se rend utile, on se sent bien. On est fier de savoir qu'on a une contribution à offrir.

Tu peux, toi aussi, être une personne responsable! Tu peux participer à l'établisssement des règles à la maison et à l'école. Tu peux t'assurer que tu respectes ces règles et les lois qui s'appliquent à toi.

Tu pourrais assumer plus de responsabilités pour le monde qui t'entoure, par exemple organiser une journée de nettoyage d'une plage ou d'un parc avec ta famille et tes amis, ou participer à une course amusante pour recueillir de l'argent destiné à une œuvre de charité. Qu'aimerais-tu faire pour te montrer plus responsable?

Dans la même collection

La pauvreté et la faim

Les réfugiés et les migrants

La guerre et le terrorisme

Le racisme et l'intolérance

Glossaire

amende : montant d'argent qu'un tribunal oblige une personne à payer pour la punir d'avoir désobéi à une loi

blâme : reproche fait à quelqu'un qui a mal agi

communauté : groupe de gens qui vivent au même endroit

conséquence : ce qui se produit à cause de ce que quelqu'un a fait

gouvernement : groupe de personnes qui dirigent un pays et qui prennent des décisions pour ce pays

international : qui concerne un certain nombre de pays

lois : règles que tous les gens d'un pays doivent suivre

microbes : créatures vivantes vraiment minuscules qui peuvent répandre des maladies

œuvre de charité : groupe qui aide les gens dans le besoin ou en difficulté

prison : endroit où des gens sont envoyés pour être punis d'avoir désobéi à une loi

respect : fait de tenir compte des sentiments et des opinions des autres

tribunal : endroit où un juge et un jury décident de la punition à imposer aux gens qui désobéissent aux lois

Index

conséquence 16, 19, 21, 25

école 11, 13, 15, 29

famille 8, 9, 11, 29

gouvernement 18, 20

intimidation 10, 12, 13, 24

loi 18, 19, 20, 21, 22, 29

œuvre de charité 29

partager 8, 11

police 19

prison 19

sécurité 9, 13, 18

tribunal 19